Анжело Грассия

Тайна книги

Перевод: Спирина Екатерина
Издатель: Tektime

Содержание

1.

Когда утром 9 августа 2016 года Паки проснулся, он даже не догадывался, каким особенным станет для него этот день. Он уже неделю был в отпуске и, как это случалось каждое лето на протяжении двадцати лет, он проводил его в замечательном туристическом местечке в провинции Латина, в Формии. Обычно после полудня они спускались с женой и тремя детьми к морю. Они всегда ходили на пляж «Лидо Виареджо», который был расположен в красивой бухте Серапо в Гаэте.

Берег Серапо является основным пляжем города, покрытым мелким светлым песком, и тянется вдоль моря на полтора километра на юг до Монте-Орландо и Сантуарио-делла-Монтанья-Спакката, а на севере спускается вниз, к самому мысу. За счет такого положения морская вода в этом месте всегда особенно прозрачная. С пляжа можно насладиться видом на риф в форме корабля с богатой морской флорой и фауной. Это риф называется « Наве ди Серапо».

Но в то утро Паки решил все сделать по-другому. Он был человеком, который рано вставал, а потому ему наскучило ждать, когда семья будет готова идти на пляж. В восемь утра он уже сел на свою «Веспу 50» и отправился в Гаэту. Остановившись у бара Баццанти, в летний период полный туристов, он расположился за столиком, стоящим на наружной веранде, и заказал себе круассан с чашкой капучино. Закончив завтрак, он резко вытащил из кармана красную пачку «Мальборо» и с наслаждением затянулся первой утренней сигаретой. Он снова становился заядлым курильщиком.

Десять лет назад он совершенно бросил курить после того, как проснулся однажды ночью с сильной болью в груди. Он подумал, что это была банальная простуда, но его мудрая и разумная жена настояла на том, чтобы он поехал в клинику. Паки не хотел туда ехать, но видя решимость жены, он пообещал, что поедет в больницу, как только выкурит сигарету, потому что он прекрасно знал, что не сможет курить там несколько дней. В больнице ему диагностировали инфаркт и сразу же сделали ангиопластику со стентированием, поскольку артерия была закупорена на 99%. Лишь чудо спасло его. Именно это и стало той простой причиной, по которой он бросил курить. Он шесть лет не притрагивался к сигаретам, а потом, как последний дурак, снова вернулся к этой плохой привычке.

Когда он погасил сигарету, взгляд его привлекла женская фигура, направлявшаяся к одному из столиков бара. Это была женщина среднего возраста, все еще привлекательная. На ней были джинсовые шорты, которые позволяли видеть красоту ее загорелых ног, а также полосатая майка, которая открывала прекрасную пышную грудь. На ногах у нее были эспадрильи, за плечами висел терморюкзак, а в руке она держала пляжную сумку.

Паки несколько минут с любопытством созерцал, как она идет мимо, пошатываясь под тяжестью своего багажа. Он следил за ней взглядом, пока она не подошла к столику. Отодвинув стул, она села за столик и обессиленно откинулась на спинку, повесив справа на стул рюкзак, а слева – пляжную сумку. Потом она слегка приподнялась, чтобы подвинуть стул, и в тот же момент он упал под тяжестью повешенных на него сумок.

– Осторожно! – крикнул Паки.

Слишком поздно. Прекрасная синьора уже упала на землю. Паки тут же подскочил к ней и помог подняться. Женщина была очень удивлена таким галантным жестом Паки и в знак благодарности пригласила его присесть за ее столик. Паки с удовольствием принял приглашение, поскольку эта очаровательная синьора помимо того, что была привлекательной, сумела иронично посмеяться над случившимся.

Женщину звали Сабрина, и она приехала из Рима.

– На побережье Кабото я видела киоски, – добавила она. – Это, случаем, не антикварный рынок?

– Именно, – ответил Паки. – Антикварный рынок. Раньше там можно было найти самый настоящий антиквариат. Он появился двадцать лет назад и не на побережье Кабото, а на дороге за церковью Сантиссима Аннунциата. Он расположен именно на том месте, где стояла Капелла делл’Имма Солата Кончеционе. Там есть «Золотой Грот», где 18 декабря 1854 года папе Пио IX пришла идея объявить одноименную догму. Тогда было приятно пройтись по той улочке, потому что можно было найти много всего занимательного. Теперь там продаются только изделия ручной работы и разного рода безделушки, поэтому я не хожу туда уже много лет и предпочитаю другие рынки.

Сабрина зачарованно смотрела на него. Глаза ее были широко раскрыты, а на лице играла улыбка. Сразу было видно, что Паки понравился Сабрине, потому что он, несмотря на преклонный возраст, был все еще притягательным мужчиной с волосами с проседью, широкими плечами, с хорошо очерченными грудными мускулами и седыми волосами, покрывающими грудь.

Паки догадался об этой симпатии и, глядя ей в глаза, начал медленно снимать с пальца обручальное кольцо, потом положил его на стол и принялся играть с ним. Он повернул кольцо пару раз, глядя, как оно блестит в солнечных лучах, потом снова надел его.

Обычно он использовал эту игру в качестве времяпрепровождения, но в тот момент этим незначительным жестом он хотел дать понять Сабрине, что он является счастливым в браке мужчиной и никогда не изменит своей жене.

Сабрина опустила глаза, и на мгновение выражение ее лица изменилось, но секундой позже она снова радостно рассмеялась, будто ничего не произошло.

Приятный разговор продолжался еще минут двадцать, полный восхищенных взглядов и блистательных улыбок с ее стороны.

Паки понимал, что эта короткая встреча могла бы перерасти в нечто большее, чем просто дружба, и, чтобы не оказаться в трудной ситуации, он посмотрел на часы и воскликнул:

– Уже так поздно! Прости, Сабрина, мне нужно идти.

Они попрощались, довольные потрясающей встречей, произошедшей по вине самого банального падения.

Паки сел на свою «Веспу 50» и направился в сторону пляжа Виареджо, чтобы провести день как обычно у моря. Пока он ехал, то ощущал, как быстро бьется его сердце от сильных эмоций, которые Паки испытывал под впечатлением встречи с Сабриной. Может, он влюбился? Нет, но он был очень взволнован. Он думал о ее зеленых глазах с карим ободком, которые буквально поразили его. Женщины с зелеными глазами невероятно притягательны, но глаза Сабрины были неописуемыми.

Неожиданно он вспомнил одну легенду, которую услышал еще в школе. Это была так называемая «Легенда Нимф», согласно которой, люди с зелеными глазами происходят от озерных Нимф. Эти Нимфы были прекрасными богинями, предметом желания любого мужчины. Достаточно было посмотреть им в глаза, чтобы быть заколдованным. Именно так произошло при встрече с Сабриной.

Эмоции были настолько сильными, что Паки решил остановиться и выпить глоток воды.

2.

Паки приехал на пляж и, как это случалось каждое утро, растянулся под пляжным зонтом, погрузившись в чтение ежедневной газеты. Теперь он был спокоен, а эффект, произведенный Сабриной, почти исчез. Только его сухие губы все еще жаждали почувствовать нежность и аромат манящих нежных губ Сабрины.

Обычно он оставался с семьей на пляже до семи вечера, но в тот день из-за сильной жары он решил вернуться домой пораньше. Ему хотелось растянуться в прохладе террасы своего дома, откуда открывался потрясающий вид на залив Гаэты. Ему нравилось смотреть на корабли, которые уплывали и приплывали с Понцы, но истинным зрелищем для него было наблюдать за *Canadair* – маленькими желтыми самолетами, которые набирают из моря воды, чтобы погасить возгорания, обнаруженные в ближайших горах. Он словно ребенок наблюдал, как они бреющим полетом пролетают над крышами города, подлетают к горам, выливают воду на пламя, а потом возвращаются в море, чтобы набрать еще воды. И так продолжается до самого рассвета. Иногда они пролетают прямо над его террасой, и несколько капель солоноватой воды падают, даря немного прохлады.

Итак, в четыре часа он покинул пляж, чтобы вернуться домой. Пока он шел по побережью Кабото, он увидел типичные тенты киосков антикварного рынка. Или лучше назвать его «блошиным рынком», поскольку никакого антиквариата здесь уже не продавалось. В августе рынок был открыт ежедневно, а не раз в месяц или раз в неделю. Паки обожал эти рынки, потому что до сих пор надеялся найти там Ван Гога или Пикассо, но этого никогда не случалось. Он знал, что никаких антикварных вещиц там не найдет, что этот рынок превратился в самый обычный рынок безделушек, поэтому решительно проехал мимо. Но у последнего киоска что-то заставило его остановиться. Может, это была мысль о том, что он снова мог бы встретить здесь Сабрину? Не отдавая себе в этом отчета, он развернулся и оказался у первого киоска.

Припарковав «Веспу», он спокойным шагом направился побродить между прилавков. Вдруг он увидел вдали картину, на которой были изображены четыре сезона Джузеппе Чьаволино, известного неаполитанского художника, родившегося в Торре-дель-Греко в 1918 году и умершего в 2011 году. Джузеппе Чьаволино известен также за рубежом. Одна из его работ находится в Музее современного искусства Нью-Йорка. В этом музее среди редких работ выставлена камея из сердолика (а точнее, из ценной ракушки) и работа Джузеппе Чьяволино.

Паки был ценителем и коллекционером этого художника, потому он быстрыми шагами направился к картине, чтобы рассмотреть ее поближе. Любовь к творчеству Чьяволино родилась в 1993 году, когда он впервые увидел одну картину на антикварном рынке Неаполя в городском парке на Виа Караччьоло. В те времена они с женой Салли имели привычку ходить на такие рынки. Они долго разглядывали предметы, а потом покупали их. Он до сих пор помнил тот день. Пока Паки шел вместе с женой среди прилавков рынка, он заметил картину 24x30 художника Чьяволино. Он восторженно воззрился на картину тогда еще незнакомого ему мастера и не мог оторвать взор. Он долго-долго разглядывал ее. Она понравилась ему так сильно, что он захотел ее купить, но цена была слишком высокой – 250 000 лир. Для того времени это были большие деньги. Он зачарованно смотрел на картину, она притягивала его словно магнит, необъяснимо притягивала.

Но он уже был готов купить ее, когда внезапный толчок сзади заставил его отказаться от покупки. Жена резко толкнула его, прошептав:

– Ты не видишь, как она ужасна, оставь эту картину. И потом, куда мы ее повесим?

Удаляясь от картины, Паки постоянно оборачивался на нее, чувствуя, будто оставляет там частичку сердца. Это был последний раз, когда он пошел на рынок со своей женой. После они ходили на такие рынки по отдельности, и таким образом Паки имел возможность без спешки принять самостоятельное решение и что-нибудь купить. Но к сожалению, на рынке, организованном месяц спустя, Паки не нашел той маленькой картины, которая так очаровала его, потому что она была уже продана. Паки был очень огорчен и очень зол на жену, не давшую ему совершить ту покупку.

Через некоторое время он направился в багетную мастерскую заказать рамку для картины. Войдя в нее, он оказался прямо напротив картины Чьяволино, только она была немного больше той, что он видел на рынке, но и более красивой из-за этого. К счастью, в тот момент он был один. Паки спросил, сколько она стоит и, не раздумывая ни секунды, купил картину. Может, он сделал это в том числе и ради того, чтобы наказать свою жену за то, что она не дала ему купить картину в тот раз, и теперь ему пришлось заплатить много больше.

Через неделю он вернулся в эту багетную мастерскую и купил еще одну работу этого мастера. А жена Паки поняла, что ошиблась во мнении о картине, и, чтобы примириться с мужем, даже нашла сведения о художнике, о том, кто он такой и где живет. Она обнаружила много информации, и в преддверии Рождества в 1994 году, даже отправилась к нему домой и купила в подарок Паки прекрасную картину размером 50x70.

Салли в качестве извинения решила устроить своему мужу замечательный сюрприз, а чтобы сделать это еще красивее, ей пришла в голову идея подарить ему две коробки. В маленькую она положила каталог с картинами Чьяволино, оставив его под елкой, а второй сверток с картиной она спрятала под диван.

Когда Паки развернул маленький сверток и обнаружил каталог с работами художника, глаза его заблестели. Он был счастлив. Он спросил у жены, где она нашла его, нежно обнял ее и поцеловал. Когда эмоции чуть улеглись, Салли предложила Паки подняться с дивана, подвинула его немного и с ликованием воскликнула:

– Вот твой настоящий подарок, любовь моя!

Паки заметил торчащий сверток, взял его в руки и начал неистово сдирать упаковку. Когда он увидел прекрасное полотно Чьяволино, он растрогался. Но еще больше он растрогался, когда на обороте увидел дарственную надпись, выполненную рукой художника по просьбе его жены. Это было самое лучшее Рождество в его жизни.

В последующем, узнав адрес художника, он часто стал захаживать к нему домой, и между ними сложилась хорошая дружба, которая привела к тому, что у Паки образовалась большая коллекция его работ. Смотреть на картины Чьяволина доставляло ему сильные эмоции, поэтому к восьмидесятилетию художника он решил сделать ему сюрприз.

Он отправился в рекламное агентство, которое выпускало ежемесячный журнал «Arte», и опубликовал три фотографии его картин с подписью под ними: *Тебе, Великий Художник, который позволяет мне, глядя на Твои картины, мечтать с открытыми глазами».*

Когда художник узнал об этом, он испытал чувство огромной радости и волнения и даже решил отплатить Паки, подарив ему холст с подписью на оборотной стороне: *«Паки, великому почитателю моего творчества».* До сих пор Паки зачарованно смотрит на этот холст Чьяволино взглядом, полным восхищения и любви.

Закончив созерцать картину, Паки перешел к следующей лавке, и взгляд его привлек старьевщик, продающий серебряные монеты. Паки, который был экспертом нумизматики, остановился, чтобы посмотреть на монеты. Он взял одну и внимательно начал ее разглядывать, чтобы понять, насколько она подлинная. Он вертел ее в руках во все стороны, когда его отвлек голос, донесшийся сзади. Он обернулся и увидел старьевщика, веселого пухлого мужчину, с саркастической улыбкой зачитывающего своему знакомому текст, написанный на листке, который он держал в руках. Старьевщик заметил удивление на лице Паки, подошел к нему и любезно объяснил ситуацию.

– Видите ли, это написанное от руки завещание, которое я нашел, убираясь на чердаке.

Паки недоуменно посмотрел на него, не понимая, что смешного в завещаниях.

Старьевщик продолжил:

— В завещании написано следующее: *«Дорогие мои дети, кроме моего собственного дома я оставляю вам все то, что мне удалось накопить за всю жизнь: 80 000 лир»*.

Паки смотрел на него по-прежнему недоуменно, не понимая, что в этом смешного.

— Нет! — продолжил старьевщик. — Это еще не все. Самое смешное написано в конце, в пост скриптум, где завещатель вносит поправку о том, что в результате произошедших военных событий и по причине черного рынка все его сбережения были растрачены, — расхохотался он, а потом добавил: — Представляю лица наследников, хахаха.

Паки не мог произнести ни слова. Старьевщик, заметив, что Паки не разделяет его сарказма, а намерен лишь купить монету и отправиться восвояси, сказал:

— Может, Вы коллекционируете еще и марки? Потому что на том же чердаке, где я нашел это завещание, есть коробка, полная писем.

Он махнул рукой на картонную коробку, полную конвертов, перевязанных разноцветными лентами, с хорошо сохранившимися марками 40-60 годов.

Паки ответил «нет» и нетерпеливо заплатил за монету. Он собрался уже уходить, когда старьевщик, обратившись к нему на «ты», произнес:

— Ты кажешься мне симпатичным. Поэтому я хочу подарить тебе эту книгу из того же дома. Ее написал сын завещателя, посвятив книгу своему отцу.

Старьевщик протянул ему толстую книгу с голубой обложкой. Паки, смутившись, сначала отказался, но видя настойчивость старьевщика, взял книгу и пошел прочь. Он был расстроен, понимая, что несет в дом очередную ненужную вещь, ведь он был уверен, что никогда не станет ее читать.

Придя домой, он положил книгу и монету на стол, стоящий на террасе, и пошел принять душ. Затем он отжал сок из розового грейпфрута и вернулся с ним на террасу, чтобы насладиться открывающейся оттуда панорамой.

Закончив пить сок, он зажег свою классическую сигарету и взял телефон, чтобы найти в Интернете монету, которую он купил. Он делал это после каждой покупки, чтобы понять, была ли она стоящей. Он протянул руку, чтобы взять монету, лежащую на книге, но почему-то оставил ее на столе, а сам взял в руки книгу.

Под влиянием проснувшегося любопытства он стал с большим вниманием рассматривать обложку, а потом правой рукой непроизвольно открыл книгу.

Так, неожиданно перед Паки оказалась открытой первая страница книги, и он начал ее читать. С ним никогда такого не случалось, но три часа спустя он все еще читал ее, прекратив только, когда жена уже в третий раз все более настойчиво пригласила его ужинать.

Паки поднялся, быстро посл и продолжил чтение. Он взял в руки книгу, которая на самом деле не была привычной книгой, выпускаемой издательствами. Это была машинописная рукопись, созданная в маленькой кустарной лаборатории.

На синей обложке золотыми буквами было написано название: *«Мужчина, которого нужно помнить»*. В книге было 250 страниц.

Паки с жадностью прочитал ее до самой последней страницы, и когда дошел до последней фразы, к горлу подступил комок, а щеки были мокрыми от слез, капающих из глаз. Он был очень растроган, прочитав эту историю, и продолжал рыдать еще несколько минут.

Что было странным, так это тот факт, что Паки за свою жизнь прочитал едва ли десяток книг, а начав читать, заканчивал только неделю спустя. В тот вечер он одолел всю книгу на одном дыхании. Она была написана неким Витторио, проживающим в Риме, который хотел, чтобы люди запомнили его отца, которого они любили и уважали за его стойкость и смелость в борьбе с любым противником, а также чтобы другие люди узнали этого человека, который был достойным примером для подражания для многих.

Паки был рад, что ему представился случай узнать из книги о таком замечательном и дорогом отце.

3.

Луиджи родился в 1885 году в зажиточной и обеспеченной провинциальной семье и до шести лет жил беспечным детством, наполненным радостью и любовью. Но потом на семью обрушился жестокий ветер, доведя ее за два года до полной нищеты. Бедный Луиджи в один момент вынужден был оставить игры и взяться за работу, чтобы заработать на жизнь. Он начал, как помощник парикмахера, а в обмен за свои небольшие услуги получал средства к существованию.

В этот болезненный период он потерял отца и был вынужден вместе с семьей оставить дом и переехать в Неаполь.

В четырнадцать лет он превратился в ответственного мужчину, который решил отправиться в Англию. Мать сначала была против, но в конце концов дала согласие на его отъезд.

В Англии он нашел своего друга, который представил его Милорду, только что вернувшемуся из свадебного путешествия. Он и его жена хорошо отнеслись к Луиджи, и он вскоре стал их любимчиком. Через несколько лет, благодаря помощи Милорда, он занял место в одной компании, которая владела отелями по всему миру. Так он начал путешествовать по свету. Этот его первый рабочий опыт оказался очень полезным для него, потому что Луиджи сумел овладеть многими языками. Он был хорошим и отзывчивым, а потому его замечательный характер все ценили. Таким образом, он быстро сделал успешную карьеру.

Несколько лет спустя он стал метрдотелем в отеле «Hotel Ritz» в Лондоне, а еще через несколько лет к его большой радости он был переведен в «Hotel Excelsior» в Рим. Так, спустя десять лет он вернулся на родину, на хорошее рабочее место, и смог, наконец, снова обнять свою любимую мать. Но его семья жила в Неаполе, и хотя теперь он вернулся в Италию, Рим все же был очень далеко. Поэтому его мечтой было найти работу в Неаполе.

После года тяжелого труда в Риме, имея хорошее резюме в результате десяти рабочих лет, узнав от друга, что освободилось место в отеле «Grand Hotel Santa Lucia» в Неаполе (расположенном на Виа Партенопе, напротив Замка делл'Ово, на самом побережье), Луиджи решил предложить свою кандидатуру. Он был очень взволнован, когда на следующий день узнал, что выбрали именно его. Теперь его мечта сбылась, а будущее было обеспечено.

Это место внесло в его жизнь спокойствие и уверенность, и таким образом, несколько лет спустя он решил жениться на Вирджинии – красивой и скромной девушке, с которой он познакомился, гуляя по парку городской виллы.

У них родилось три сына. Третий родился через десять лет после второго, все они были хорошо воспитаны, имели отличные манеры и уважали других.

Витторио, первенец, с детства знал о жертвах, на которые пошел отец, чтобы обеспечить семью. Мать была домохозяйкой, поэтому они жили только на заработок отца, а содержать семью на одну зарплату в то время было весьма сложным делом.

Тогда Витторио, еще не получив диплом, задумался о том, чтобы внести свой вклад в доходы семьи. Чтобы продолжить учебу, он решил заняться понемногу делом. Он рисовал открытки и оставлял их в баре в ожидании покупателя, не зная, что те несколько открыток, которые продались, были тайно куплены его отцом, который открыл его тайну. А еще он давал частные лекции маленьким ученикам.

Витторио обожал своего отца, восхищался каждым его жестом, его действиями, боготворил его.

Наконец, Витторио получил диплом и сразу же нашел место в банке в одном городе, очень далеком от Неаполя, – в банке города Комо. Он несколько неохотно переехал туда, потому что разлука с отцом заставила его сильно страдать. Но вместе с тем он был рад, что теперь у отца будет на один рот меньше, и он сможет больше времени посвятить двум другим сыновьям. И потом, расстояние не было особой проблемой, потому что он все равно переписывался с отцом каждый день.

Луиджи продолжал упорно работать, но так и не достиг роскоши, не получил возможности делать лишние траты, и всегда старался откладывать средства для детей на случай необходимости. Таким образом, за много лет тяжелого труда он сумел сэкономить неплохую сумму, которую решил оставить им в наследство.

К сожалению, началась Вторая Мировая Война, и Луиджи 31 октября 1940 года потерял рабочее место, поскольку отель, где он работал, был конфискован немцами. Он искал любые способы случайно подработать, но этого все равно не хватало, и он был вынужден обратиться к тем сбережениям, которые хранил для детей.

Во время войны сложился также черный рынок: цены головокружительно поползли вверх, а потому те скромные сбережения, что он накапливал годами упорным трудом, почти полностью сгорели.

Витторио был очень привязан к отцу и показывал ему это при любой возможности. Когда отцу исполнилось шестьдесят два года, он посвятил ему стихотворение, которое продекламировала его дочь Вирджиния:

КО ДНЮ РОЖДЕНИЯ ДЕДУШКИ ЛУИДЖИ.

Слова наших с папой сердец

Дедушка, сегодня, в День твоего Рождения,
Вместе с папой, который тебя очень любит,
Мы пришли поздравить тебя
И крепко-крепко обнять.

Дедушка, знал бы ты,

Как ждали мы этого дня!
Благодарим благословенное Небо
За эту нежную бесконечную радость.

Папа не говорит, его уста молчат,
Но я знаю, что он чувствует…
И то, что он чувствует, чувствую также и я:
Бесконечную любовь к тебе, дедуля.

Шестьдесят два года – это мало. Мы желаем тебе
СТО счастливых лет, дедушка!
В наших объятиях ты почувствуешь все то,
Что мы хотели бы сказать тебе, но не можем
найти слов…

Из этого стихотворения можно понять, какую сильную любовь испытывал Витторио к отцу.

К сожалению, в шестьдесят четыре года Луиджи неизлечимо заболел. Единственный, кто знал об этом, был Витторио, которого проинформировал медик во время своего визита на дом, думая, что это всего лишь грипп. Витторио понял, что теперь для отца ничего нельзя сделать. Стоя у изголовья его кровати, он смотрел на него и думал, как он мог бы помочь ему, чтобы облегчить его конец. Под каким-то предлогом он вышел из дома и без колебаний направился в отели «Santa Lucia».

Хозяин, увидев его, произнес:

– Что привело тебя в наши края? Чем могу быть полезен?

Витторио смотрел на него и не мог произнести ни слова. С усилием сдерживая эмоции, он сказал:

– Мой отец заболел. Сегодня к нам приходил врач и поставил очень плохой диагноз. Он страдает неизлечимой болезнью, и конец его близок. Вы, который всегда уважали его и ценили почти двадцать лет его качества и, прежде всего, его верность, пожалуйста, сделайте последний акт веры, любви и дружбы. Подарите ему несколько мгновений спокойствия перед смертью… Прошу Вас, позвоните ему и, не говоря ни слова о моей просьбе, спросите, может ли мой брат Марио, о котором отец говорил Вам, занять вакантное место в вашем отеле.

С этими словами хозяин, который знал его с детства и знал о его чувствах к отцу, пришел в ужас. Витторио увидел в его глазах едва уловимую грусть.

– Я восхищаюсь тобой, Витторио, – сказал он взволнованно. – Возвращайся домой… Через час я позвоню отцу.

Они попрощались, крепко обнявшись. Витторио вернулся домой и через несколько часов услышал телефонный звонок, а потом голос матери:

– Конечно, Командор, Луиджи здесь, я сейчас дам ему трубку

Луиджи медленно взял телефонную трубку. Витторио взволнованно смотрел на него и видел, как выражение лица его отца превращается из болезненного в радостное.

– Слава Богу, ты услышал мои молитвы! – и с легкой улыбкой на губах он умер.

В 1936 году Луиджи написал завещание:

Моей Вирджинии и моим детям:

Настоящим я хочу выразить мою волю, уверенный, что она будет исполнена, а если вы обнаружите какую-то невольную ошибку, знайте, что она произошла из-за неопытности.

Целью этого письма является желание, чтобы вы все, обитатели моего дома, знали, чем я владею на случай, если я умру. Вы знаете, что в результате честного труда и еще в большей степени в результате мудрости моей Вирджинии, я смог за несколько лет справедливого и достойного труда накопить скромный капитал, который для работящего человека много значит.

Дом, в котором мы живем, как вы знаете, находится в моей собственности и куплен за наличные. В банковской ячейке лежат 80 000 лир в облигациях на предъявителя под 5%, вложенные в 1935 году на срок до 1956 года. Если эти ценные бумаги будут изменены, я дам вам знать.

Первая рекомендация, которую я вам дам, – это постарайтесь всегда быть объединенными, далекими от разногласий, чтобы никогда не прибегать к помощи адвокатов.

Я хотел бы, чтобы вы по достоинству оценили мои скромные сбережения, результат моего честного труда. Вы, разумеется, не знаете, каким был мой труд, потому что были слишком маленькими, но об этом вам расскажет ваша дорогая Мама.

Я не хочу делить эти сбережения между вами, потому что вы все для меня одинаково дороги, но я хотел бы, чтобы самый маленький Марио получил бы особенное обеспечение, поскольку, будучи самым младшим, он получил от меня меньше средств на воспитание и обучение. Моя благословенная Вирджиния будет единственным управляющим всей собственности, пока будет жива. В тот день, когда она умрет, вы, три брата, разделите между собой все, что она вам оставит.

Я уверен, что мой Витторио захочет позаботиться о своих братьях, и доля, им оставленная, не будет потрачена впустую или кем-то украдена, помня, что эти деньги получены в результате упорного труда их отца и лишений их матери.

Что я больше всего хотел бы посоветовать вам в отношении вашей Мамы? Я сам не знаю. Почитайте ее, заботьтесь о ней, будьте всегда рядом, поддержите ее добрым словом в трудную минуту, помогайте ей во всех ее начинаниях, любите и уважайте ее. Только я могу сказать вам, что она была моей настоящей верной и любимой супругой. Если даже вы были свидетелями некоторых ссор, они были глупостями, которые, к сожалению, случаются между теми, кто любит друг друга. И пусть ваши жены и дети тоже уважают ее. А когда Бог призовет ее, отдайте ей все почести, каких она заслуживает как мать, достойная подражания. Похороните ее рядом со мной, чтобы мы вечно могли быть вместе и молить Бога, чтобы он берег вас от всех опасностей. Когда вас коснутся трудности, вы приде-

те навестить нас, и все ваши страдания снимет как рукой, потому что в вашу душу придет покой и умиротворение.

Верьте в Бога. Любите его и, когда время вам позволяет, ходите к мессе, чтобы искупить ваши грехи. И вы, три брата, любите друг друга братской любовью, помогайте друг другу и никогда не отдаляйтесь, а если между вами возникнут разногласия, помните, что вы братья одной крови. Доверяйте друг другу ваши мысли, вашу боль, ваши радости и учите ваших детей этим заповедям, чтобы они передали ее новым поколениям.

Будьте строгими с вашими детьми, но добрыми, и если кто-то из них не будет к вам уважителен, постарайтесь простить его и вернуть на путь истинный.

Я хотел бы жить вечно, чтобы быть рядом с вами и заботиться о вас. Но, к сожалению, жизнь – всего лишь отрывок. Будьте сильными в тот день, когда Бог призовет меня, переносите это достойно и будьте спокойны, что я из другого мира буду оберегать вас, если мне позволят.

И никаких объявлений в газетах. Скромный кортеж, никаких цветов, лучше отправьте деньги на благотворительность или нуждающимся семьям. Купите мне погребальную нишу, которая всем нам послужит домом, потому что я хочу, чтобы мы были объединены навечно.

И снова прошу вас, поддержите мою Вирджинию вашим присутствием, подарите ей жизнь и надежду.

Если однажды вам придется продать дом, прошу вас, не теряйте много, потому что деньги эти заработаны потом и кровью.

А сейчас, мои дорогие, прошу извинить меня, если я не смог за свою жизнь исполнить свой долг перед вами, но я уверяю вас, что делал все возможное, отдавая все лучшее, что во мне было, и на моей совести нет никакой тяжести. Я никому не сделал ничего плохого, а только хорошее, что мог.

Благословляю вас, и пусть Бог защитит вас.
Целую вас с самой нежной любовью.
Ваш отец и муж Луиджи.

На оборотной стороне был приписан post scriptum, вызвавший иронию старьевщика.

Рим, 8 июня 1944 года.

Вынужден внести поправку относительно того, чем я владел в казначейских векселях. Ничего больше не существует: все было потрачено в Неаполе после того, как я покинул «Santa Lucia», а также в Риме, где я обменял все ценные бумаги, чтобы не умереть с голоду. Не осталось ничего, кроме дома во владении.

Поблагодарим за это войну! И чертов черный рынок в Риме. Я не буду разглагольствовать на эту тему, потому что мне очень горько говорить об этом.

4.

В ту ночь Паки не мог уснуть. Эта история его глубоко взволновала и в то же время увлекла.

На следующий день он бегом бросился к старьевщику и купил еще несколько вещей: целую коробку писем, небольшую картину маслом, на которой был изображен флорентийский Понте Веккьо, нарисованный тем же самым Витторио, и папку с тремя эластичными резинками, которую обычно используют для хранения офисных документов. Папка была так туго набита письмами, что резинки с трудом держали ее закрытой. На поверхности была приклеена этикетка с надписью: *«Письма моего отца»*. В ней хранились все письма Луиджи, которые отец написал Витторио за свои годы жизни и которые Витторио ревностно хранил.

Вернувшись домой, Паки начал быстро просматривать то, что лежало в коробке. Кроме писем он обнаружил вырезки из журналов, несколько фотографий, небольшую тетрадь, исписанную ручкой. Тетрадь принадлежала дочери Витторио, когда она была ребенком, а на ее обложке было написано «*дневник*». Еще в коробке оказался конвертик с негативами и несколько кружев.

Но больше всего Паки напугали сотни писем, которые он там обнаружил. Они хранили историю трех поколений. В папке были собраны письма, полученные Витторио от отца, к которому он был глубоко привязан. Остальные просто кучей лежали в коробке. Это были письма, которые Витторио писал Клаудии до того, как она стала его женой, и те, которые Клаудия писала ему в ответ. Еще были письма, перевязанные красивыми разноцветными ленточками, – письма Вирджинии, первой дочери Витторио, носившей имя бабушки, от ее поклонника.

Паки, не зная, с чего ему начать, взял первые попавшиеся письма и начал читать. Пока он читал, внимание его привлекли некоторые даты. Все они состояли из шести цифр, что навело его на мысли об игре в лотерею. Он взял телефон и зашел на сайт *Lottomatica,* где можно играть в лотерею онлайн. Когда он открыл домашнюю страницу сайта, то с досадой обнаружил, что на счету телефона у него остался только один евро.

– И как это делается? Как мне сыграть в лотерею с этими цифрами? На каком барабане? – спросил себя Паки.

В конце концов, он принял решение поставить эти цифры на всех барабанах, а в качестве комбинации выбрал тройку. Паки, который в молодости любил делать ставки во всех типах игр – от покера до студ-покера, от конных скачек до казино, от

Totocalcio[1] до SuperEnaLotto[2] – никогда в жизни не играл в лотерею, которая казалась ему не особо привлекательной игрой. Он выключил телефон и продолжил читать письма.

Из писем Витторию к Клаудии Паки понял, что их история любви началась несколько мучительно. Витторио познакомился с Клаудией, когда переехал в Комо, и их встреча была для обоих, словно вспышка молнии. Ее родители, богатые торговцы, не хотели, чтобы их дочь связывалась с Витторио, потому что они считали его карьеристом. Но настойчивыми усилиями дочери, они все же пригласили его на ужин. Первое, что сказал ее отец, было: «Послушай, парень, мы из Комо, и здесь, к сожалению, состояние оставляют только сыновьям, а дочерям не достается ничего, поэтому подумай хорошенько, прежде чем принять решение.

Услышав эти слова, Витторио покраснел и за весь вечер больше не произнес ни звука.

На следующий день эти слова все еще были в его голове, и тогда Витторио понял, что если Клаудия выйдет замуж за другого, она получит приданое, но если выйдет за него, то не получит ничего. Витторио не было дела до приданого, он ничего не хотел, потому что любовь Клаудии была смыслом его жизни, и он никогда больше не возвращался к этой темс. Витторио и Клаудия действительно любили друг друга.

1Лотерея по угадыванию футбольных команд-победительниц.

2Итальянское лото.

Это Паки понял, когда среди прочего нашел в коробке книжицу в синей обложке, к которой была прикреплена ленточка лавандового цвета. На первой странице был приклеен портрет Витторио, вырезанный из фотографии. Под ним большими буквами было написано: «*Моей Клаудии*», а в конце страницы: «*25 января 1940 года – 25 января 1945 года*». В брошюрке содержались стихи, посвященные жене на пятилетнюю годовщину свадьбы, написанные рукой Витторио красивым почерком:

*Пять лет любви
Сегодня празднуем мы,
О, моя Клаудия!*

*Прошло уже пять лет
С тех пор, как сказали мы
Друг другу «да»!*

*И сегодня
Я снова повторю тебе «да»...
Клянусь тебе, что я рад
Видеть тебя со мною рядом.*

*Забудь те несколько ссор,
Что пробежали между нами...
И давай как в тот день
Повторим еще раз*

Те нежные слова
Любви и веры,
Что сделали счастливым
Навсегда мое сердце...

И счастливыми
Мы вступим в новое пятилетие,
Любя друг друга
И оберегая...
Нашу заботу
Вместе с нежной любовью
Мы отдадим
Нашему ангелочку!

Два имени теперь
Написаны в моем сердце,
И только смерть
Сможет разлучить нас.

Пойдем по пути
Нашей Судьбы,
И Бог поможет нам
В дороге!

Они действительно невероятно любили друг друга, Клаудия и Витторио.

5.

Сначала Паки читал письма только из любопытства, но потом чувства, слова о мире, любви, спокойствии, а иногда о боли этих людей передались ему.

На следующий день, возвращаясь с моря, он снова решил заглянуть на рынок, чтобы посмотреть, нет ли у старьевщика еще писем этой семьи. Старьевщик пригласил его взглянуть на последнюю коробку, которая у него осталась. Паки начал рыться в содержимом. Там были только неподписанные открытки, несколько картинок, вырезанных из газет, два-три письма да кусок материала квадратной формы, на котором виднелась буква С красного цвета (что-то типа манишки, которые обычно используются во время соревнований и прикалываются к груди в качестве знака отличия). Паки несколько мгновений вертел лоскуток в руках, но в итоге решил взять домой только оставшиеся письма. После ужина он снова начал читать их, и снова некоторые цифры его поразили.

Мгновенно он вспомнил об игре, в которую играл вчера вечером. Он резко посмотрел на часы. Они показывали без пятнадцати девять, следовательно, розыгрыш лото был уже проведен. Он взял мобильный телефон, лежащий рядом, и зашел на сайт *Lottomatica*, чтобы проверить результат. К своему великому удивлению, он обнаружил, что выиграл. Мало, но выиграл. Призовыми оказались три из шести цифр, выпавшие на барабане Неаполя, следовательно, он выиграл двадцать один евро.

Да, это был ничтожный выигрыш, но он взял тройку, и даже такой скромный приз сделал его счастливым, но в то же время недоумевающим. Ему казалось странным, что цифры, содержащиеся в письмах, которые он прочитал вчера вечером, могут быть полезными. Он решил с еще большим вниманием присмотреться к числам, которые обнаружит во время чтения.

К концу вечера он нашел еще четыре числа. Тогда он решил сыграть с ними в *Lotto Più 4* – это игра за четыре евро, которая автоматически ставит два евро на пары, один евро на тройку и один евро на четверку, гарантируя тем самым больший приз по сравнению с традиционной лотереей. Но его мучило одно сомнение: на каком барабане играть?

Он долго раздумывал над этим, потом решил поставить на неаполитанский барабан и на все остальные. Ясно, что при игре на всех барабанах, приз уменьшается на десять процентов по сравнению с тем, если играть на одном барабане, но он также понимал, что если на каком-то барабане выйдет четверка, за исключением национального, то можно выиграть кругленькую сумму.

Паки решил прочитать еще несколько писем прежде, чем пойти спать, потому придвинул к себе коробку и начал сортировку ее содержимого. Так он нашел маленькую фотографию, сделанною летом: юноша и красивая девушка с длинными черными волосами держались за руки, смеялись и явно были счастливы. Паки захотелось узнать, кто такие эти сияющие молодые люди. Внимательно рассмотрев их, он понял, что девушкой была Вирджиния, первая дочь Витторио, а рядом с ней был парень, за которого она спустя несколько лет вышла замуж.

Паки начал читать письма, которые Вирджиния получала от Антуана, своего жениха, в течение нескольких лет. Антуан был сыном крупного промышленника и жил в Париже. Они познакомились, когда были совсем молодыми, одним августовским вечером, в одном заведении Милано-Мариттима, где проводили отпуск. Постепенно простое знакомство переросло в нежную дружбу, а потом — в глубокую любовь. Спустя несколько лет они стали мужем и женой.

Паки не читал письма поверхностно, напротив, он полностью погружался в описание мест и персонажей.

В одном из писем Паки прочитал, что Антуан, вернувшись из отпуска, часто слушал их песню. «Их песней» была песня «Наш концерт» в исполнении Умберто Бинди, в которой поется: «Ты повсюду, и если прислушаешься, то рядом с собой найдешь меня…»

Название песни сначала ни с чем не проассоциировалось в мозгу Паки, но что-то заставило его поискать ее в Интернете. Он взял телефон и нашел на You Tube красивую песню, которая вернула его в 60-е года: он представил этих двух влюбленных, которые, нежно обнявшись, танцуют под ее ритмы.

Чем больше он читал письма, тем больше чувствовал, что Витторио и его семья начинают становиться частью его сердца.

Перед Антуаном Вирджиния дружила с неким Альберто, студентом, который принимал участие в соревнованиях по гребле. Паки нашел вырезку из газеты, которая рассказывала о победе, одержанной Альберто в 22 и 23 октября 1960 года. Паки не только решил поставить на эти числа, но он вспомнил манишку, которую видел у старьевщика и которую не взял с собой, и подумал: «Завтра я заберу ее!»

Он положил все письма в коробку и пошел спать.

6.

Утром 13 августа, пока Паки был на пляже, он услышал, что у него звонит телефон. Он поднялся из шезлонга и начал рыться в пляжной сумке. Это был Джованни, его друг детства. Именно у него он перенял страсть к блошиным рынкам. Много лет назад, когда они были еще молодыми и сильными, у них была мания проснуться в пять утра, чтобы отправиться на воскресный рынок. Они делали это даже зимой, когда ранним утром было еще темно. Они брали с собой фонарики, чтобы лучше разглядеть выложенный товар в поисках стоящих вещиц. Их связывала глубокая дружба, превращавшаяся в некотором смысле в неприязнь, как только они пересекали вход на рынок. Блошиный рынок становился для них настоящим полем сражения: они всегда соревновались, кому удастся найти лучший предмет. Джованни, придя на рынок, растворялся среди киосков, быстро бегая между ними туда-сюда, словно окаянный, боясь потерять хороших шанс. Паки, напротив, бродил среди киосков, останавливаясь у каждого по порядку и внимательно рассматривая товар, не заботясь о том, что Джованни уже был здесь раньше.

На самом деле, у них с Джованни были разные вкусы, и потом, ему редко удавалось обнаружить что-либо стоящее при таком способе поиска. Быстро бегая, он не мог внимательно рассмотреть товар.

Они всегда возвращались с полными сумками и по дороге домой соревновались в том, кто нашел лучший товар. Паки нравилось подшучивать над другом, и каждый раз, показывая с гордостью купленную вещь, он насмехался, говоря, что заплатил за нее уйму денег. Иногда, чтобы разозлить его еще сильнее, он врал, что вещь, приобретенную на прошлой неделе, он продал на Ebay за сто евро. Сначала Джованни верил во все эти истории, что рассказывал Паки, но со временем стал менее доверчивым. Он просил у Паки доказательства, потому что слов ему было недостаточно, чтобы поверить. Когда Паки представлял доказательства, выражение лица Джованни менялось, он терял дар речи и злился. Он никак не хотел признать, что Паки превзошел его в поисках хороших вещиц.

В тот вечер Паки тоже решил подшутить над ним, когда Джованни спросил:

— Как дела? Все хорошо? Ты был на рынке?

— Да, был вчера вечером и купил одну интересную вещицу, которую даже не могу описать тебе. Я заплатил двадцать евро, но стоит она, по-моему, тысячи три.

— Не верю, пришли мне фото, — ответил Джованни.

– Не волнуйся, – заверил его Паки. – Сегодня вернусь домой и отправлю тебе фото.

Закончив разговор, Паки положил мобильник в сумку. Глаза его светились от радости, он был доволен тем, что снова удачно подшутил над Джованни.

Позже вечером Паки опять пошел к старьевщику. Он взял в руки манишку и увидел, что на ней есть надпись, которую Альберто посвятил Вирджинии, прося сохранить эту манишку в память о любви. Внимательно поглядев на нее, Паки заметил, что на букве С написаны два числа: «43/1 заплыв» и «43/2 финал».

Числа 2 и 43 отпечатались в памяти Паки. Стоя рядом с табачной лавкой, чтобы купить сигарет, он решил сыграть. Но он добавил еще другие четыре цифры и заполнил карточку SuperEnaLotto.

Вернувшись домой, он опять принялся за чтение писем. Прошло уже четыре или пять дней, как Паки ни с кем не разговаривал дома. Он сидел на террасе и полностью погружался в то, что находил в коробке. Жена и дети его не узнавали и упрекали в том, что он больше не уделял им внимания, думая только о книге и письмах.

В тот вечер Паки снова проверил результаты лотереи и SuperEnaLotto. В лотерее он выиграл на всех барабанах приз менее десяти евро, который доставил сму особенное удовольствие. Когда он увидел, что в SuperEnaLotto выпали числа 2 и 43, которые он видел на манишке несколько часов назад, он остолбенел.

Здесь тоже он выиграл немного более пяти евро, но ситуация, происходящая вокруг чисел, которые он находил в вещах этой семьи, заставила его задуматься. Если бы в то утро, 9 августа, он не встретил Сабрину, то однозначно никогда бы не пошел на этот рынок, не остановился у того ларька и не получил в подарок ту книгу, которая увлекла его и продолжала делать это, даря каждый день новые ощущения и эмоции.

Для него в этой книге был спрятан секрет, некая тайна, которую он пытался раскрыть. Как это возможно, чтобы из-за простого чтения книги он так привязался к этой семье, которую даже не знал? Как возможно, что увидев несколько чисел, он решил поставить на них, и именно они выпали, как призовые? Ситуация, которая происходила вокруг книги, писем и других вещей, найденных им в коробке, притягивала его и пробуждала невероятное любопытство.

К сожалению для него, на следующий день ему скрепя сердце пришлось бросить чтение. Не только ради того, чтобы провести его с семьей, которая умоляла его побыть с ними, но потому, что наступил период «больших и маленьких ужинов».

Все началось с классического ужина 14 августа, посвященного Ferragosto[3] По традиции, каждый год вечером 14 числа устраивается большой ужин, и Паки пригласил в дом много друзей. Обычно друзья

3 Ferragosto – самый жаркий день августа, праздник Успения Богородицы.

с удовольствием принимали приглашение, потому что для них было замечательно провести вечер с Паки, который был очень веселым и общительным. Ужин Ferragosto был особенным и начинался с аперитива с шампанским и устрицами, потом следовали многочисленные закуски из морепродуктов, а после – вкусное первое блюдо: «Linguine alla Paki», названное так, потому что его всегда готовил сам Паки, который был отличным поваром. «Linguine alla Paki» – это классические лингвини по-рыбацки, но Паки добавлял к ним ту магическую изюминку, которая делала блюдо очень вкусным и ценимым друзьями, каждый раз рассыпавшимися в комплиментах.

После этого блюда подавалась меч-рыба и кальмары, приготовленные на углях, потом следовали фрукты и непременная «баба» из знаменитой неаполитанской пастичерии[4]. А потом – песни и танцы до поздней ночи.

А на следующий день его пригласили друзья на турнир по буракко[5], а потом они пошли в театр, и так далее и тому подобное.

Все эти развлечения отвлекали Паки от книги на протяжении нескольких дней, но вечером после ужина, он снова взялся за чтение. Коробка уже была у него в руках, когда раздался звонок от друга, который сказал, что они с женой придут проведать их.

4Pasticceria – традиционная итальянская кондитерская, где изготовляются и продаются сладости и выпечка.

5Burraco – карточная игра.

Так и в тот вечер Паки вынужден был отказаться от чтения, но в компании друзей речь зашла о книге, приобретенной на рынке, и поэтому он пошел за ней, чтобы прочитать друзьям стихотворение, которое Витторио написал жене на пятую годовщину свадьбы. Он взял также и письма, надеясь, что удастся прочитать хоть что-нибудь. Но это, к сожалению, не случилось. После прочтения стиха они решили сыграть в карты, а потому надежды Паки рассеялись.

В течение этих дней Паки продолжал играть в «*lotto 4 рій*» на всех барабанах, выигрывая всегда десять евро, потому что на одном из барабанов всегда выпадала пара.

Дни шли, и 26 августа Паки решил остаться дома. Лето подходило к концу, и у него оставалось пять дней, чтобы дочитать письма, а потом вернуться к работе, а значит, больше свободного времени у него не будет. Потому он решил посвятить вечера чтению.

Вечером 29 августа он достал конверт с письмом и странным образом на оборотной стороне обнаружил надпись крупным почерком, сделанную красным карандашом. Там были написаны два числа, разделенные тире: 68 и 72.

Паки подумал: «Я должен сыграть с этими числами, это несомненно, но на каком барабане?»

Хорошенько изучив конверт, он обнаружил город отправителя. Там была только эта информация, других данных не было, потому что от конверта был оторван клочок. Городом этим был Неаполь. Паки внезапно озарило:

— Завтра я поставлю на эти числа на неаполитанском барабане.

Он записал числа на листок, чтобы не забыть, и принялся за чтение письма. Потом он положил его в конверт и, поместив в стопку прочитанных писем, взял следующее письмо.

Удивительно, но и на этом конверте красным карандашом были написаны числа, только в отличие от предыдущих, они располагались вверх тормашками по отношению к городу отправителя (которым был по-прежнему Неаполь), а следовательно, чтобы прочитать их, нужно было перевернуть письмо. Таким образом, он решил сыграть с этими числами на всех барабанах. Это были числа 32-4-7-3, разделенные точкой по центру.

Следующим утром он поставил четыре евро на все барабаны и пять евро на неаполитанский барабан с числами 68 и 72, потому что был убежден, что это правильный барабан, поскольку так было указано на конверте.

Согласно поверьям, играть с приснившимися числами можно три раза подряд, но Паки не был суеверным. Он начал играть в лотерею случайно, увидев числа в книге, он сыграл только раз и повторил ту же самую игру через некоторое время, когда ему пришли в голову поразившие его числа. Он не был зависим от игры, не играл на большие суммы, а играл потому, что нечто заставляло его поставить на те числа, которые неожиданно возникли перед ним.

К сожалению, отпуск подошел к концу, и на следующий день Паки должен был вернуться домой. В тот вечер он, как обычно, постарался дочитать последние письма, зная, что ему придется оставить это занятие в Формии. Дома в Аверсе у него не было места для хранения всего этого. Единственное, что он возьмет с собой, – это конверт с девятью негативами, чтобы переконвертировать их в позитивы и увидеть лица Витторио и его дочерей.

Было почти девять вечера, когда он решил проверить исход лотереи. Открыв результаты барабана Неаполя, он закрыл числа пальцем и суеверно решил просмотреть их одно за другим, медленно сдвигая палец.

Первым числом того вечера на барабане Неаполя было 14. «Жаль…» – подумал Паки и продолжил медленно сдвигать палец. Следующим числом было 53. Паки не смутился, в сердце его теплилась надежда. Он сдвинул палец еще немного, и показалось третье число. За цифрой 6 следовала еще одна цифра, которую Паки пока держал закрытой. На мгновение он замер, задержал дыхание и начал медленно сдвигать палец За цифрой 6 шла 8.

Радость накрыла его при виде того, что, по крайней мере, число 68 выпало на неаполитанском барабане, а значит, он сделал правильный выбор. Для него уже тот факт, что одно из чисел, случайно увиденных на конверте прошлым вечером, оказалось выигрышным, было непомерным удовольствием. Хотя с одним числом он не выиграл ничего, поскольку играл на парах, но это все равно было удовольствием.

Осталось проверить только другие числа.

Паки не стал отчаиваться и медленно открыл четвертое число. 87. «Жаль…» – снова подумал он.

Осталась последняя возможность, последний результат. Паки сконцентрировался и потихоньку открыл последнее число: сначала 7, за ним 2, то есть число 72.

Паки вскочил со стула в радостном порыве: он угадал две пары, он выиграл 1 250 евро, которые после уплаты налога превратятся в 1 175!

Но потом он вернулся на свой стул, взволнованный, с глазами, полными слез. Ему никак не удавалось понять, каким образом эта история, которой он всей душой увлекся, смогла помочь ему угадать выигрышные числа в лотерее. Он спрашивал себя: как книга, попавшая ему в руки, оказалась книгой, через которую Витторио в каком-то смысле подсказал ему выигрышные числа?

Первое, что сделал Паки, когда получил деньги, – это заказал две мессы за упокой души Витторио.

30 августа, пока он читал последние письма, ему пришла в голову идея поискать в Интернете какие-нибудь сведения об этой семье, но он ничего не нашел. Он вводил разные номера и фамилии, но безрезультатно, потому вскоре он бросил это занятие.

Перед отъездом он аккуратно сложил все письма в коробку. Пока он приводил их в порядок, в руки ему попалось приглашение на крестины племянника Клаудии, то есть сына брата Клаудии, родившегося в 1954 году. Тогда Паки ввел это имя в строку поиска в Интернете и наткнулся на профиль в Facebook. Войдя в свой аккаунт, он просмотрел профиль и с радостью увидел, что все данные совпадают. Наконец-то он нашел родственника!

Он был так взволнован, что неожиданные импульсы стали подталкивать его к опрометчивым шагам. Он не знал, что делать, написать ли сообщение, позвонить или выйти на связь другим образом. Наконец, к нему пришло мудрое решение: первым делом успокоиться и подумать.

Сначала Паки хотел связаться с этим племянником, чтобы отдать ему то, что он нашел на рынке, — памятные вещи его семьи. Но после долгого размышления он решил ничего не делать.

«Если родственники все выкинули, – подумал он, – значит, им это все неинтересно. Может, Витторио было бы приятно, если я сохраню это, потому что я сделаю это с любовью».

7.

В понедельник, 5 сентября 2016 года Паки вернулся на работу. Первое, что он сделал, – это вытащил из кармана конверт с негативами, которые принес с собой. Он открыл его, взял негатив и посмотрел на него против света. На каждом из них были написаны ручкой числа, которые, очевидно, оставил в свое время фотограф, делавший снимки. Поскольку у Паки не было с собой листа, чтобы записать числа, он, чтобы не терять времени, оторвал кусочек бумаги от рулона вычислительной машинки и начал последовательно записывать числа, которые обнаруживал на негативах: 81-88, 79-85, 21-26, 32-63, 79-83, 79-84.

Потом он посмотрел на сделанные записи и понял что перед ним всего 11 чисел. Он подумал, что с ними можно сыграть в SuperEnaLotto по системе двойного понижения, чтобы снизить расходы. В то же время, он подумал добавить два других числа. Поскольку ширина полоски бумаги была ограниченной, единственным способом добавить эти числа, было написать их сбоку от других. В качестве добавочного числа ему пришло на ум, неизвестно почему, число 64 – год смерти Луиджи. Поэтому рядом с первыми числами он написал 64. То есть пара

81-88 автоматически превратилась в тройку 81-88-64. Следующим числом, пришедшим ему в голову, было 66, и пара 79-85 превратилась в тройку 79-85-66.

Теперь, когда перед ним возникла комбинация чисел, нужно было выбрать барабаны, на которые поставить. Конечно, он не мог играть на всех, потому решил использовать только 81-88, 21-26 и 79-85, поставив эти пары на барабаны Неаполя и Рима – города рождения и проживания Витторио. Но потом он посмотрел на фото, и его охватило сомнение: фотографии были сняты в Беллария-Иджеа-Марина. Беллария находится недалеко от Милана, а значит, следовало бы сыграть на барабане Милана, но поскольку он уже потратил пять евро на каждую пару, то решил поставить только один евро.

После нескольких попыток в специальных компьютерных программах переконвертировать негативы в позитивы он распечатал фотографии маленького размера. На одной из них был Витторио, сидящий в шезлонге под зонтиком, счастливый и улыбающийся. На других фотографиях были запечатлены его дочки. Некоторые фото были сделаны на морском побережье. На других была изображена Вирджиния, которая шла по улице Беллларии, одетая в длинные черные брюки и белую футболку с горбом.

Посмотрев фото, Паки сложил их в конверт с негативами и убрал в верхний ящик стола – ящик, который он очень часто открывал в течение дня. Таким образом, каждый раз, залезая в ящик, он вспоминал о Витторио.

Закрыв ящик, он услышал звонок в дверь. На пороге стоял Джованни.

– Привет, – иронично сказал он. – Я шел мимо и решил заглянуть к тебе. Как прошли праздники? Кстати, – добавил он, – ты мне так и не отправил фото того странного предмета, который ты купил на рынке. Так что это? Мне очень любопытно, ты ведь знаешь. Покажи, а?

Услышав эти слова, Паки, который в шутку любил насмехаться над другом, поведал ему всю историю. Он начал рассказывать о книге, которую ему подарил старьевщик, потом о письмах, которые он купил после, а потом и о числах, которые он поставил на пары.

Джованни был шокирован.

– Не могу поверить! – сказал он, а потом добавил: – Вот это удача! Это нечто странное, в самом деле! Нечто необъяснимое!

Паки посмотрел на него с удовлетворением. Он очень веселился, глядя на удивленное лицо своего друга.

Джованни был таким недоверчивым, что в тот же вечер решил подшутить над Паки. Он позвонил ему и произнес измененным голосом:

– Паки, это ты? Это Витторио. Поставь числа 61 и 79 на неаполитанский барабан, ты понял? Я прошу тебя, сыграй с этими числами, не забудь.

Но Паки понял, что это был Джованни, потому он улыбнулся победной улыбкой и записал эти числа, чтобы сыграть. Но только за один евро.

6 сентября, в день результата, Паки выиграл еще две пары: 21 и 26 на миланском барабане. Но что было еще более странным, так это то, что выигрышными оказались также и числа, сказанные в шутку Джованни: 61 и 79. Таким образом, он выиграл 470 евро. Но больше всего его порадовала мысль о Джованни, о его лице, когда он узнает, что на барабане выпали те числа, которые он подсказал.

Но с этого момента все стало еще сложнее и еще более необъяснимо. Паки поставил числа на три других розыгрыша, но безрезультатно. Тогда он решил бросить играть и подождать другого случая.

Однажды утром, пока он сидел в баре за чашкой кофе, он увидел скретч-карту, финальным числом на которой было число 81. Неожиданно он вспомнил, что число 81 он видел на негативах, и под воздействием этого совпадения, он решил купить карточку. Положив ее в карман пиджака, он вернулся в кабинет. Придя в офис, он обнаружил ждущего его клиента, поэтому сразу приступил к работе, забыв о карточке, которую купил.

Но открыв ящик стола через пару часов и заметив конверт с негативами, он вспомнил о Витторио и о билете, купленном в баре. Он начал медленно стирать ячейки, пока не открылось выигрышное число. Когда он его увидел, то на миг замер, а потом стал стирать дальше, чтобы открыть приз. Он не мог поверить своим глазам. Он выиграл 500 евро!

– Силы небесные! – воскликнул он. – Здесь выигрываешь тогда, когда меньше всего ожидаешь!

Он открыл ящик, посмотрел на конверт и мысленно поблагодарил.

Дни шли, Паки больше не играл, а лишь проверял результаты лотереи и SuperEnaLotto, чтобы посмотреть, не выпали ли числа, на которые он поставил. К счастью для него, из чисел, которые он ставил, не выпадали даже пары.

19 сентября после обеда Паки лег на кровать отдохнуть. Пока он отдыхал, он вспомнил о Витторио и, не понимая причины, взял телефон. Выйдя на сайт *Lottomatica*, он решил поставить несколько чисел, которые пришли ему на память. Первыми он вспомнил те, что записал на бумажке: 81-88-64. Он решил поставить на тройку на миланском барабане. Паки ввел числа и выбрал барабан Милана, но невольно его палец опустился на барабан Генуи. Мгновение Паки колебался, но лишь мгновение. Учитывая, что ставка была всего в один евро, он решил сыграть как на генуэзском барабане, так и на миланском. Потом он произвел другие ставки на миланском барабане, всегда выбирая среди чисел те, которые помнил.

На следующий день, 20 сентября, был День его Рождения. Праздновать его он отправился вместе с женой в один известный ресторан Неаполя. Они прибыли в ресторан к девяти, заняли столик, и его жена отправилась мыть руки. Оставшись один, Паки решил быстренько проверить результат лотереи, но только на миланском барабане. Он обнаружил, что числа не были выигрышными. Поскольку он сделал несколько ставок, числа которых он не особо помнил, то Паки решил не спешить и проверить результат с сайта *Lottomatica*, с которого он делал ставки. Когда он открыл сайт, то сразу увидел сообщение: «Поздравляем! Вы выиграли 4 230 евро».

Паки остолбенел.

Потом он проверил результат барабана Милана и Неаполя, но его числа не были призовыми. Удивленный, он решил посмотреть выигранные розыгрыши и с изумлением заметил, что тройка, которую он выиграл, выпала на барабане Генуи, – барабан, который он выбрал ошибочно. Он был озадачен и повторял про себя:

– Генуя, Генуя, Генуя, но как это возможно? Генуя, Генуя, Генуя, но я ведь не должен был играть на барабане Генуи. Как это могло случиться? Кто управлял моей рукой в тот момент, когда я делал ставку? Кто поставил мой палец на барабан Генуи?

Он был взволнован и не мог дать вразумительные объяснения. Но при этом он был очень счастлив и доволен.

Когда жена вернулась за столик, он показал ей телефон и произнес взволнованно:

– Салли, Салли, смотри сюда! Смотри, какой подарок на День Рождения мне преподнес Витторио!

Салли посмотрела на экран и тихо воскликнула, чтобы не привлекать внимание посетителей за соседними столиками:

– Неужели? Эта история мне кажется невероятной! – сказала она, улыбаясь радостной улыбкой.

Чтобы поделиться радостью с детьми, Паки сделал screenshot и отправил им фотографию через WhatsApp. Несколько секунд спустя его телефон, казалось, сошел с ума: он начал получать сообщения, полные удивления и поздравлений.

Паки провел действительно потрясающий вечер. Когда они вернулись домой, он не мог уснуть. Он думал и думал обо всем этом, но так и не мог понять, как все это могло случиться. Впервые он поставил на тройку и на барабан, на котором он никогда не играл. Все это было необъяснимо и непонятно. Он всю ночь задавал себе вопрос: «Почему барабан Генуи?». Вопрос, на который он не мог найти ответа.

8.

На следующее утро первым, что сделал Паки, – это зажег свечку перед фотографией Витторио. Потом заказал мессу за упокой его души.

Паки продолжал спрашивать себя, почему эти числа выпали на барабане Генуи, а не на барабанах Милана, Рима или Неаполя.

Пока он был погружен в эти мысли, на пороге появился Джованни и сказал:

– Вчера у тебя был День Рождения? Поздравляю! Удовлетвори мое любопытство: Витторио ничего тебе не подарил, случаем?

Этот вопрос почему-то больно ударил по чувству гордости Паки. Он не собирался говорить Джованни, что выиграл тройку. Но он, как обычно, хотел подшутить над ним, потому ответил:

– Конечно, он поздравил меня. Вчера я сорвал четверку и выиграл сорок тысяч евро. Видал, какой отличный подарок мне сделал Витторио?

– Не верю, не верю. Покажи чек!

– Вот ты упрямый! Хочешь увидеть чек? Я тебе покажу его.

Паки взял телефон и показал ему чек от 6 сентября. Джованни с некоторой бесцеремонностью схватил в руки его мобильник. Но увидев, что речь идет о предыдущей игре, о которой ему уже было известно, он рассмеялся. Пока он смеялся, его рука продолжала листать фото на телефоне Паки. И тут Паки вспомнил, что прошлым вечером отправлял по WhatsApp фотографию своим детям, а поскольку он не хотел, чтобы Джованни увидел ее, то постарался выхватить телефон из рук друга.

Слишком поздно. Джованни увидел фото. Его друг, сидящий на стуле напротив него, молниеносно вскочил, побледнев.

– Не могу поверить, не могу поверить, – повторял он громко, – ты действительно выиграл 4 230 евро. Не могу поверить! Не могу поверить!

Он был совершенно ошеломлен и, положив телефон на письменный стол, вышел, даже не попрощавшись, а лишь повторяя: «Не могу поверить, не могу поверить».

Паки было жаль, что все пошло таким образом, он не хотел, чтобы Джованни узнал о его выигрыше, но ему не удалось скрыть это. Он не ожидал, что Джованни так нагло будет изучать его телефон.

Оставшись в одиночестве, Паки вернулся к своим мыслям. Его занимал только один вопрос: почему числа оказались выигрышными именно на барабане Генуи? Он взял из ящика конверт с негативами. Покрутив его, он понял, что конверт сложен в несколько раз. Медленно, он начал разворачивать сложенную часть. К своему огромному удивлению, он обнаружил цифры, написанные синей ручкой: 693.

– Черт подери! Я нашел новые числа.

Он сразу стал размышлять над тем, как он может сыграть на этих числах. Сначала он думал поставить на тройку: 6-9-3. Но потом решил сыграть 69-36-63. Пару мгновений он рассматривал конверт и задавался вопросом, как он не заметил раньше, что лист сложен несколько раз? Может, сейчас именно тот момент, когда он должен сыграть на этих числах?

Он вытащил негативы, но не нашел никакой связи с Генуей. Эти фотографии, согласно надписи на конверте, были сняты летом 1962 года в Беллария-Иджеа-Марина. Поскольку в тот момент он сидел за компьютером, ему пришло в голову поискать эту местность. Было просто любопытно посмотреть то место, где Витторио проводил отпуск со своей семьей. Пока он просматривал фото, взгляд его остановился на логотипе рыбацкого союза в Беллария-Иджеа-Марина. Он видел этот логотип раньше! Он попытался вспомнить, где именно, но ему это не удавалось.

«И все-таки я его уже где-то видел», – подумал он.

Это было простое изображение штурвала лодки с надписями внутри, которые с трудом прочитывались, поскольку фотография была слишком маленькой. В Беллария-Иджеа-Марина он никогда не был, а логотип был знакомым. Где он мог его видеть?

Неожиданно он вскочил со стула и кинулся в комнату, где хранились фотографии Витторио. Он быстро просмотрел их и наткнулся на фото, где Вирджиния шла по улицам Беллария-Иджеа-Марина. Та самая фотография, на которой она была в черных брюках и белой футболке с гербом, где был изображен штурвал.

Вот где он видел этот греб, отпечатавшийся в его памяти!

Он снова побежал к компьютеру и увеличил фото, чтобы прочитать, что написано на логотипе. «Морское кооперативное общество». Слово «морское» заставило его вспомнить о четырех морских Республиках: Амальфи, Пиза, Генуя и Венеция. У него не было слов. Он взял конверт с негативами и увидел, что на одном из них изображена Вирджиния в белой футболке с гербом на груди, а на самом негативе написаны числа 81 и 88, а к ним добавлено число 64.

Этот герб Паки заметил, но оставил без внимания. Если бы он посмотрел лучше, то понял бы, на каких барабанах надо ставить на тройку! Нужно было исключить Амальфи и Пизу, которые не существуют в лотерее, и сыграть на барабанах Генуи и Венеции. Числа и барабаны ему были подсказаны так легко, но Паки этого не понял. Каждый раз, играя, он задавался вопросом, на какой барабан ставить. В этот раз ответ был преподнесен ему на серебряном блюдечке, но он этого не осознавал.

Учитывая неспособность Паки понять, на каком барабане сыграть, пришлось помочь ему в момент игры с помощью загадочной силы, которая неожиданно заставила его выбрать барабан Генуи.

Эта серия подсказок повергла Паки в шок и за-
думчивость. Он находился перед лицом невероят-
ных и, прежде всего, необъяснимых событий.

9.

Несколько дней спустя Паки провожал вместе с женой свою дочь Дарью в Рим. У Дарьи начинались курсы в LUISS, и Паки нашел ей квартиру на Виале Гориция, в нескольких шагах от университета. Прибыв по нужному адресу, Салли и Дарья вышли из машины, чтобы перенести багаж в новую квартиру дочери.

Паки, оставаясь в машине, открыл окошко и крикнул им:

– Прошу вас, поскорее возвращайтесь!

– Конечно, дорогой, – с готовностью ответила Салли. – Две минуты – и мы здесь!

Пока Паки сидел в машине, он снова вспомнил о Витторио. Он знал, что тот жил в Риме на Виа Ливорно. Для Паки находиться в Риме и не заглянуть на ту улицу, где обитал Витторио, было большим сожалением. Он очень хотел оказаться на Виа Ливорно, потому что таким образом он в некотором смысле смог бы отдать дань Витторио.

Он набрал в навигаторе название улицы, чтобы понять, насколько это далеко. Виа Ливорно была примерно в четырех километрах. «Можно сгонять туда, – подумал он. – Это совсем близко, жаль не заехать».

В тот же момент он услышал, как открылись дверцы, и в машину сели Салли и Дарья и хором произнесли:

— Куда ты отвезешь нас пообедать?

Паки на мгновение застыл. Ему не хватало смелости сказать, что он передумал, поскольку их протест был бы горьким для него.

Но желание поехать на Виа Ливорно было слишком сильным. Тогда он сказал с улыбкой на губах:

— Ничего, если сначала я заеду в дом Витторио, он находится здесь недалеко?

Странно, но обе не возражали. Жена и дети, которые сначала были против этой страсти к книге и письмам, после нескольких выигрышей изменили к этому отношение.

Через некоторое время они оказались на Виа Ливорно. Улица была пустынной в это время, но все парковочные места заняты. Паки хотел выйти любой ценой, он был готов встать вторым рядом, но вдруг неожиданно, как по мановению волшебной палочки, с парковки выехала машина, освободив место прямо перед его носом.

«Это знак судьбы», — подумал он.

Когда он вышел из машины, то обнаружил, что припарковался прямо у дома Витторио.

— Какое странное совпадение, — тихо пробормотал он.

Он направился к входной двери в дом, пробежал глазами фамилии, написанные на домофоне, и внимательно осмотрел дом, расположенный прямо напротив церкви Санта Орсола. Несколько минут он рассматривал ее. Он был счастлив, что увидел это место, где раньше жил Витторио и его семья.

Меж тем жена и дочь пошли искать бар поблизости. Паки решил догнать их. Пока он шел по пустынной улице Рима, погруженный в свои мысли, он услышал, как кто-то окликнул его. Он резко оглянулся. Этот горячий и притягательный голос окутал его мозг. Это была Сабрина, которая быстрым шагом, светясь от радости, шла ему навстречу с раскрытыми объятиями. Они обнялись и посмотрели друг другу в глаза, а потом обменялись поцелуем, наполненным страстью.

В этот раз Паки не смог сопротивляться. Боясь потерять ее снова, он быстро спросил номер ее телефона. Потом с тоской произнес:

— Моя жена ждет меня в баре. Мне жаль, но я должен бежать. Я позвоню тебе завтра. Мне надо рассказать тебе одну необычную историю.

Он протянул руку, чтобы попрощаться, но Сабрина притянула его к себе и страстно поцеловала. Паки переполнило сильное волнение, и он почувствовал, как упало его артериальное давление, но в то же время ему было хорошо.

Он направился в бар, к жене и дочери. Издалека он увидел, как они сидят за столиком, потягивая аперитив, счастливые и улыбающиеся. Он медленно шел к ним, опустив глаза, полагая, что таким образом сможет скрыть сильное волнение, которое до сих пор трепетало внутри него. Ему не хватало смелости взглянуть в глаза жене. Он понимал, что совершил нечто тяжелое, нечто непоправимое, нечто такое, что нельзя простить.

Проходя мимо столика, он бросил на ходу:

– Мне нужно ненадолго в туалет, я скоро вернусь.

Паки почти бегом бросился в туалет, распахнул дверь и оказался в красивом маленьком предбаннике с огромными зеркалами. В зеркале он увидел свое отражение, и оно было неузнаваемым. С досадой он заметил красноватый оттенок по всему лицу, особенно на носу, щеках, подбородке и на лбу. Он сразу же открыл кран и сунул под струю воды лицо, надеясь немедленно смыть это выражение, которое выдавало его чувство вины.

Он оставался в предбаннике несколько минут, достаточных, чтобы вернуть свое естественное состояние. Он раскаивался в том, что сделал, но в то же время был счастлив. Поцелуй Сабрины его словно омолодил лет на двадцать. Он ощущал себя так, словно только что напился из источника вечной молодости. «Я нашел эликсир молодости», – удовлетворенно подумал он. На самом деле, такие шутки природы случаются в определенном возрасте. Страстный поцелуй от девушки, которая намного моложе, приводит именно к таким неприятностям. Но неприятностям, надо сказать, очень приятным. К сожалению, такой благотворный эффект длится всего несколько дней, а потом нужно возвращаться в реальность…

После этого короткого размышления Паки снова взглянул на себя в зеркало. Лицо его стало прежним, на нем больше не отражалось никакое чувство вины, никакого осознания проступка. Это было лицо обычного человека.

Он вышел из предбанника, довольный собой, и направился к столику бара, чтобы выпить какой-нибудь освежающий напиток. Паки был задумчив и размышлял о Сабрине. Он думал о том, как Сабрина привела его к книге, и как книга снова привела его к Сабрине.

До самого позднего вечера Паки оставался молчаливым. Мысли о Сабрине мучили его. Он не мог дождаться следующего дня, когда можно будет позвонить ей и услышать ее голос. Он очнулся от своих мыслей, только когда услышал голос дочери:

– Папа, пойдем на Виа Пикколомини? Говорят, что это волшебная улица.

Паки сразу же согласился, потому что хотел спрятать свое смятение.

Придя на Виа Пикколомини, они оказались перед фантастической картиной. Эта улица, выходящая из Виа Аурелия Антика, ведет прямо к куполу базилики Сан Пьетро. Географически она находится на холме Джаниколо, слегка возвышаясь над городом. Кроме того, она прямая и ровная, длиной метров 300, а в конце ее находится терраса с потрясающим видом на Рим. Очевидная особенность улицы заключается в том, что она ведет прямо к куполу Сан Пьетро. А волшебная она потому, что в более отдаленной точке купол отлично виден и находится в самом центре панорамы, но чем ближе начинаешь подходить к нему, тем меньше он становится. Такая иллюзия создается за счет того, что по обе стороны улицы стоят здания. В начале Виа Пикколомини человеческий глаз видит только один объект – огромный купол в обрамлении ватиканских дворцов. Но пройдя метров 50 вперед, начинаешь замечать пространство вокруг купола, и он теперь оказывается скрытым дворцами улицы, а потому визуально приобретает совсем другие размеры.

Картина эта привнесла в душу Паки спокойствие. Теперь он чувствовал себя хорошо и расслабленно, потому что на несколько мгновений мысли о Сабрине покинули его голову.

10.

После выигрыша 20 сентября Паки бросил играть. У него не осталось больше новых чисел, поскольку он теперь прочитал все письма, и у него не было больше возможностей найти новые. Ему словно не хватало вдохновения. Он только несколько раз сыграл в SuperEnaLotto по системе двойного понижения, выбрав тринадцать чисел, которые нашел в письмах, но выиграл немного всего два-три раза.

В то же время, каждый вечер, когда были результаты, он просматривал выигрышные числа. Однажды пока он вбивал в Google слово «lotto», он увидел подсказку «lotto storico»[6]. Он кликнул по ней и перешел на сайт. На этом неизвестном сайте было достаточно ввести числа, как сразу выдавались все результаты с выигрышными числами. Под воздействием любопытства он начал вводить разные числа, на которые ставил ранее. Когда он ввел числа 32-3-4-7, которые он нашел в письме и на которые ставил лишь однажды, 30 августа, он не особо верил в положительный исход. Выигрыш от 10 сентября на барабане Кальяри содержал следующие числа 36-7-3-69-4, следовательно, если бы он продол-

6Историческая лотерея

жил ставить на эти числа еще четыре раза, то сорвал бы тройку.

Он взял бумагу и начал писать на лист все числа, которые обнаружил в этой невероятной истории: 22-23-10-60 – которые он нашел в газетной вырезке, посвященной соревнованиям по гребле, 2-43 – числа, найденные на манишке, 32-3-4-7 и 68-72 – числа из писем, 81-88-64-78-85-66-32-63-79-84-21-26 – числа с негативов, 69-3 – числа на конверте. К этим числам он добавил год рождения отца Витторио – 1885, а поскольку число 85 уже присутствовало, он оставил только 18. Последним он добавил число 52, соответствующее номеру дома Витторио.

Всего было двадцать восемь чисел, которые его поразили. Поскольку их было уже много, он решил перейти к другим, которые тоже привлекли его внимание, хоть и в меньшей степени. Поставить на двадцать восемь чисел в SuperEnaLotto по общей системе было невозможно. Не только из-за стоимости, но и потому, что нельзя поставить более, чем на восемнадцать чисел. Полная система из восемнадцати чисел стоит 27 132 евро, поэтому это исключено.

В системе двойного понижения тоже невозможно сделать ставки более, чем на восемнадцать чисел, но полная стоимость составляет 54 евро. Единственной возможностью для Паки поставить на двадцать восемь чисел была система тройного понижения стоимостью в 31 евро. Согласно этой системе, в случае шести выигрышных чисел гарантия равна трем числам. Таким образом, при шести выигрышных числах есть гарантия в 100%, что выиграешь тройку, но слишком мала вероятность выиграть четыре, пять, а тем более шесть чисел. При такой системе это почти исключено. Единственная альтернатива – поставить по максимуму на тринадцать чисел по системе двойного понижения за 10 евро. Но и в этом случае, если выиграют шесть чисел из тринадцати, можно сорвать четверку, но очень сложно выиграть пятерку или шестерку. И Паки мог бы играть по этой системе два-три раза каждый месяц, но не каждый розыгрыш.

Как только он бросил думать над тем, как сыграть, ему в голову пришла идея проверить историческую SuperEnaLotto, чтобы посмотреть, какие числа были выигрышными в прошлый раз. Он внимательно изучил все результаты, но когда дошел до итога за 1 сентября, то застыл в ошеломлении. Его глаза увлажнились от волнения. Выигрышными числами от 1 сентября в SuperEnaLotto с призом в 120 000 000 евро были 4-18-43-60-69-85. Эти шесть чисел входили в те двадцать восемь чисел, которые он только что написал на листок.

Эта книга давала Паки возможность стать миллионером, но он не смог понять этого. Если бы он внимательней присматривался к числам, если бы он нашел на это время! А ведь у него было время, с 9 августа по 1 сентября было время! А он обнаружил число 69 только случайно ближе к концу сентября в свернутом конверте.

Эта книга, странным образом оказавшаяся в его руках однажды жарким августовским вечером, навсегда останется загадкой, впрочем, как и странная сила, которая невольно управляла им, когда он поставил на тройку на барабане Генуи.

www.ingramcontent.com/pod-product-compliance
Lightning Source LLC
Chambersburg PA
CBHW071234130726
47998CB00003B/940